Florbela Espanca
ANTOLOGIA DE POEMAS
PARA A JUVENTUDE

FLORBELA ESPANCA
ANTOLOGIA DE POEMAS
PARA A JUVENTUDE

Organização
DENYSE CANTUÁRIA

Obra apoiada pela
Direcção-Geral do Livro
e das Bibliotecas / Portugal

Copyright © 2008 by Denyse Figueiredo Cantuária

Editora
Renata Borges

Gerente editorial
Noelma Brocanelli

Projeto gráfico e diagramação
Iago Sartini

Revisão
Lúcia Nascimento

Imagens retiradas da internet e manuscritos da Biblioteca Nacional Digital de Portugal

Editado conforme o Acordo Ortográfico da Língua Portuguesa de 2009.

Dados Internacionais de Catalogação na Publicação (CIP)
(Câmara Brasileira do Livro, SP, Brasil)

Espanca, Florbela, 1894-1930.
Florbela Espanca: antologia de poemas para
   a juventude / Florbela Espanca; organização
   Denyse Cantuária. -- São Paulo: Peirópolis, 2007.

   Apoio: Ministério da Cultura de Portugal.
   Instituto Português do Livro e das Bibliotecas
   ISBN 978-85-7596-088-2
   1. Poesia portuguesa I. Cantuária, Denyse. II. Título.

07-8144   CDD-869.1

Índices para catálogo sistemático:
1. Poesia: Literatura portuguesa 869.1

1ª edição, 2008 – 2ª reimpressão, 2019

Editora Peirópolis Ltda.
Rua Girassol, 310F – Vila Madalena
05433-000 - São Paulo/SP
Tel.: (55 11) 3816-0699
vendas@editorapeiropolis.com.br
www.editorapeiropolis.com.br

É só teu o meu livro; guarda-o bem;
Nele floresce o nosso casto amor
Nascido nesse dia em que o destino
Uniu o teu olhar à minha dor!

Florbela Espanca

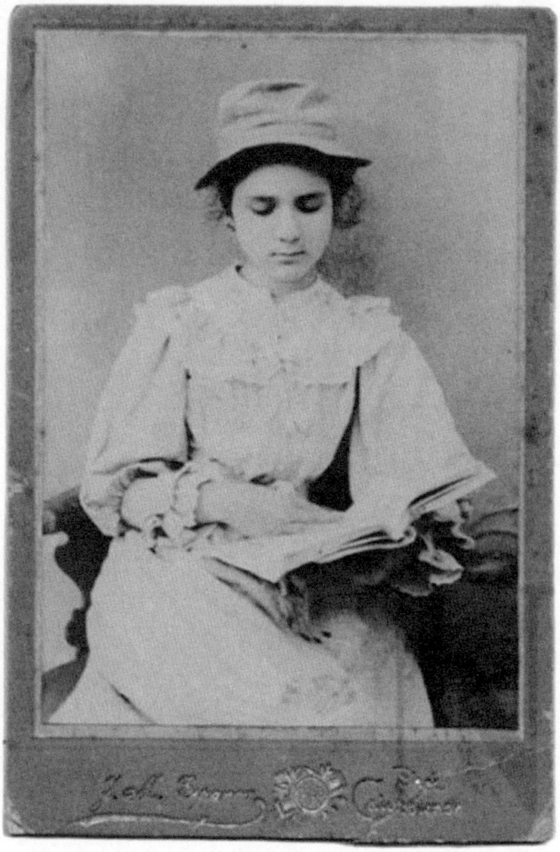

Florbela Espanca

O meu mundo não é como o dos outros, quero demais, exijo demais; há em mim uma sede de infinito, uma angústia constante que eu nem mesma compreendo, pois estou longe de ser uma pessoa; sou antes uma exaltada, com uma alma intensa, violenta, atormentada, uma alma que não se sente bem onde está, que tem saudade... sei lá de quê!

(Florbela Espanca in *Cartas a Guido Bateli*)

De onde vem uma voz tão forte como a de Florbela Espanca? A difícil busca por uma voz poética em meio a tantas outras vozes já existentes no mundo é a temática que rege o corpo dessa antologia de poemas.

O encontro com a poesia fez com que Florbela encontrasse os sentidos buscados para a existência em seu projeto de escrita. Vida e obra entremeadas de versos que falam do prazer que se tem ao ler um poema e registram a conversa daquele que escreve com os outros poetas que costuma ler.

E, na intensidade dessa busca, a voz do poeta é o som que ecoa de dentro do verso, os poemas procuram pela poesia, conversam com ela em um projeto feito de cores e movimentos fortes. Se Florbela fosse pintor, com certeza seria daqueles que deixam sua tela marcada por todo o tempo de sobrevivência do quadro com a pincelada febril de suas emoções.

A autora portuguesa, considerada a maior voz da poesia feminina daquele país, nasceu em 1894 e viveu num mundo diferente do das outras pessoas, simplesmente por se ver diferente das outras pessoas do mundo. Excessos descritos em seus poemas e cartas... *Há em mim uma sede de infinito... um querer maior que a consciência de si próprio, uma busca – um desejo de infinito... Uma angústia constante que eu nem mesma compreendo...*

Florbela Espanca poeta nasce da busca da voz perfeita para o canto. Uma busca que soa para aos ouvidos do leitor como amplificada, como se no ato de aumentar o tom da voz deixasse soar um grito pelas perdas sociais e pelas tristezas vividas. Ela narra seus encontros e desencontros no verso. Todos os empecilhos se transformam em fragmentos na busca pelo verso perfeito, questões aparentemente resolvidas no encontro com a escrita.

António Nobre, o autor de *Só, o livro mais triste que há em Portugal*, representava um de seus maiores mestres. Muitos poemas são dedicados a sua dor. Florbela não titubeia na hora da conversa com seus pares, cobra a atenção de seus mestres e de seus futuros leitores.

Um exemplo dessas cobranças é o pedido em um poema, para que os deuses da mitologia grega olhem para seus versos. E, em outro caso, ousa aperfeiçoar do seu jeito uma série de sonetos camonianos, principalmente as famosas antíteses amorosas. Esse diálogo com os poetas acrescenta um traço de modernidade à construção da obra. Uma marca que vira sua assinatura, como um detalhe revelador do caráter reflexivo de seus textos.

Uma voz exaltada que precisa se expor. Falar com o outro ou consigo mesma é prova a ser ultrapassada nesse percurso criativo. A vontade do diálogo disparando essa procura. É o reconhecimento de uma procura, dessa sede de infinito que a faz imensa, atormentada e em estado de diálogo. Num mundo próprio em que só a fantasia da escrita tem respostas ou serve de desculpa para a poesia existir em tom maior.

A um livro

No silêncio de cinzas do meu Ser
Agita-se uma sombra de cipreste
Sombra roubada ao livro que ando a ler,
A este livro de mágoas que me deste.

Estranho livro aquele que escreveste,
Artista da saudade e do sofrer
Estranho livro aquele em que puseste
Tudo o que eu sinto, sem poder dizer!

Leio-o e folheio, assim, toda a minh'alma!
O livro que me deste, é meu e salma
As orações que choro e rio e canto...

Poeta igual a mim, ai quem me dera
Dizer o que tu dizes! Quem soubera
Velar a minha Dor desse teu manto

Comentar a obra de um autor é muito mais do que interpretar seus gestos de escrita ou tentar dizer com outras palavras o que ele disse. O que essa voz traz de novo para o leitor que procura a poesia do mundo das palavras que lhe são entregues parece daquelas perguntas sem respostas... Ouvir o que o autor sussurra ao pé do ouvido num determinado momento é a verdadeira busca empreendida.

O que mais dizer para jovens e velhos leitores de Florbela Espanca? Muito pouco, além do fato de essa ser apenas uma entre as possíveis leituras dessa voz poética que constrói um tipo de teatro da escrita, um teatro nos moldes antigos, com máascaras trocando de lugar no rosto dos seus atores. E personagens entre a alegria e a dor, incansáveis na busca pela melhor atuação diante de quem assiste a eles.

Denyse Cantuária

Sumário

Vozes do mar, 13
Ser poeta, 14
Versos, 15
Sem título, 16
Fanatismo, 17
Saudades, 18
Poetas, 19
He hum não querer mais que bem querer, 20
Cravos vermelhos, 30
Os versos que te fiz, 31
Os meus versos, 32
Vaidade, 33
Este livro..., 34
O meu soneto, 35
Torre de névoa, 36
Exaltação, 37
Em busca do Amor, 38
Tarde de música, 39
Chopin, 40
A Anto, 41
Sóror saudade, 42
Tortura, 43
Charneca em flor, 44
Mais alto, 45
O nosso livro, 46
Fotografias e manuscritos, 48
Biografia da autora, 62

Vozes do mar

Quando o sol vai caindo sobre as águas
Num nervoso delíquio d'oiro intenso,
Donde vem essa voz cheia de mágoas
Com que falas à terra, ó mar imenso?

Tu falas de festins, e cavalgadas
De cavaleiros errantes ao luar?
Falas de caravelas encantadas
Que dormem em teu seio a soluçar?

Tens cantos d'epopéias? Tens anseios
D'amarguras? Tu tens também receios,
Ó mar cheio de esperança e majestade?!

Donde vem essa voz, ó mar amigo?...
...Talvez a voz do Portugal antigo,
Chamando por Camões numa saudade!

SER POETA

Ser Poeta é mais alto, é ser maior
Do que os homens! Morder como quem beija!
É ser mendigo e dar como quem seja
Rei do Reino de Aquém e de Além Dor!

É ter de mil desejos o esplendor
E não saber sequer que se deseja!
É ter cá dentro um astro que flameja,
É ter garras e asas de condor!

É ter fome, é ter sede de Infinito!
Por elmo, as manhãs de oiro e de cetim...
É condensar o mundo num só grito!

E é amar-te, assim, perdidamente...
É seres alma e sangue e vida em mim
E dizê-lo cantando a toda gente!

Versos

Versos! Versos! Sei lá o que são versos...
Pedaços de sorriso, branca espuma,
Gargalhadas de luz, cantos dispersos,
Ou pétalas que caem uma a uma...

Versos!... Sei lá! Um verso é teu olhar,
Um verso é teu sorriso e os de Dante
Eram o seu amor a soluçar
Aos pés da sua estremecida amante!

Meus versos!... Sei eu lá também que são...
Sei lá! Sei lá!... Meu pobre coração
Partido em mil pedaços são talvez...

Versos! Versos! Sei lá o que são versos...
Meus soluços de dor que andam dispersos
Por este grande amor em que não crês!...

Sem título

Li um dia, não sei onde,
Que em todos os namorados
Uns amam muito, e os outros
Contentam-se em ser amados.

Fico a cismar pensativa
Neste mistério encantado...
Digo para mim: de nós dois
Quem ama e quem é amado?...

Fanatismo

Minh'alma, de sonhar-te, anda perdida.
Meus olhos andam cegos de te ver!
Não és sequer razão do meu viver,
Pois que tu és já toda a minha vida!

Não vejo nada assim enlouquecida...
Passo no mundo, meu Amor, a ler
No misterioso livro do teu ser
A mesma história tantas vezes lida!

"Tudo no mundo é frágil, tudo passa..."
Quando me dizem isto, toda a graça
Duma boca divina fala em mim!

E, olhos postos em ti, digo de rastros:
"Ah! Podem voar mundos, morrer astros,
Que tu és como Deus: Princípio e Fim!..."

Saudades

Saudades! Sim... talvez... e porque não?...
Se o nosso sonho foi tão alto e forte
Que bem pensara vê-lo até à morte
Deslumbrar-me de luz o coração!

Esquecer! Para quê?... Ah, como é vão!
Que tudo isso, Amor, nos não importe.
Se ele deixou beleza que conforte
Deve-nos ser sagrado como pão!

Quantas vezes, Amor, já te esqueci,
Para mais doidamente me lembrar,
Mais doidamente me lembrar de ti!

E quem dera que fosse sempre assim:
Quanto menos quisesse recordar
Mais a saudade andasse presa a mim!

Poetas

Ai as almas dos poetas
Não as entende ninguém;
São almas de violetas
Que são poetas também.

Andam perdidas na vida,
Como as estrelas no ar;
Sentem o vento gemer
Ouvem as rosas chorar!

Só quem embala no peito
Dores amargas e secretas
É que em noites de luar
Pode entender os poetas

E eu que arrasto amarguras
Que nunca arrastou ninguém
Tenho alma para sentir
A dos poetas também!

He hum não querer mais que bem querer.

I

Gosto de ti apaixonadamente,
De ti que és a vitória, a salvação,
De ti que me trouxeste pela mão
Até ao brilho desta chama quente.

A tua linda voz de Água corrente
Ensinou-me a cantar... e essa canção
Foi ritmo nos meus versos de paixão,
Foi graça no meu peito de descrente.

Bordão a amparar minha cegueira,
Da noite negra o mágico farol,
Cravos rubros a arder numa fogueira!

E eu que era neste mundo uma vencida,
Ergo a cabeça ao alto, encaro o sol!
— águia real, apontas-me a subida!

II

Meu Amor, meu Amado, vê... repara:
Poisa os teus lindos olhos de oiro em mim,
— Dos meus beijos de amor Deus fez-me avara
Para nunca os contares até ao fim.

Meus olhos têm tons de pedra rara,
— É só para teu bem que os tenho assim —
E as minhas mãos são fontes de Água clara
A cantar sobre a sede dum jardim.

Sou triste como a folha ao abandono
Num parque solitário, pelo Outono,
Sobre um lago onde vogam nenúfares...

Deus fez-me atravessar o teu caminho...
— Que contas dás a Deus indo sozinho,
Passando junto a mim, sem me encontrares? —

III

Frêmito do meu corpo a procurar-te,
Febre das minhas mãos na tua pele
Que cheira a âmbar, a baunilha e a mel,
Doido anseio dos meus braços a abraçar-te,

Olhos buscando os teus por toda a parte,
Sede de beijos, amargor de fel,
Estonteante fome, áspera e cruel,
Que nada existe que a mitigue e a farte!

E vejo-te tão longe! Sinto a tua alma
Junto da minha, uma lagoa calma,
A dizer-me, a cantar que me não amas...

E o meu coração que tu não sentes,
Vai boiando ao acaso das correntes,
Esquife negro sobre um mar de chamas...

IV

És tu! és tu! Sempre vieste, enfim!
Oiço de novo o riso dos teus passos!
És tu que eu vejo a estender-me os braços
Que Deus criou pra me abraçar a mim!

Tudo é divino e santo visto assim...
Foram-se os desalentos, os cansaços..
O mundo não é mundo: é um jardim!
Um céu aberto: longes, os espaços!

Prende-me toda, Amor, prende-me bem!
Que vês tu em redor? Não há ninguém!
A terra? — Um astro morto que flutua...

Tudo o que é chama a arder, tudo o que sente
Tudo o que é vida e vibra eternamente
É tu seres meu, Amor, e eu ser tua!

V

Dize-me, Amor, como te sou querida,
Conta-me a glória do teu sonho eleito,
Aninha-me a sorrir junto ao teu peito,
Arranca-me dos pântanos da vida.

Embriagada numa estranha lida,
Trago nas mãos o coração desfeito,
Mostra-me a luz, ensina-me o preceito
Que me salve e levante redimida!

Nesta negra cisterna em que me afundo,
Sem quimeras, sem crenças, sem ternura,
Agonia sem fé dum moribundo,

Grito o teu nome numa sede estranha,
Como se fosse, Amor, toda a frescura
Das cristalinas águas da montanha!

VI

Falo de ti às pedras das estradas,
E ao sol que é loiro como o teu olhar,
Falo ao rio, que desdobra a faiscar,
Vestidos de Princesas e de Fadas;

Falo às gaivotas de asas desdobradas,
Lembrando lenços brancos a acenar,
E aos mastros que apunhalam o luar
Na solidão das noites consteladas;

Digo os anseios, os sonhos, os desejos
Donde a tua alma, tonta de vitória,
Levanta ao céu a torre dos meus beijos!

E os meus gritos de amor, cruzando o espaço,
Sobre os brocados fúlgidos da glória,
São astros que me tombam do regaço!

VII

São mortos os que nunca acreditaram
Que esta vida é somente uma passagem,
Um atalho sombrio, uma paisagem
Onde os nossos sentidos se poisaram.

São mortos os que nunca alevantaram
Dentre escombros a Torre de Menagem
Dos seus sonhos de orgulho e de coragem,
E os que não riram e os que não choraram.

Que Deus faça de mim, quando eu morrer,
Quando eu partir para o País da Luz,
A sombra calma dum entardecer,

Tombando, em doces pregas de mortalha,
Sobre o teu corpo heróico, posto em cruz,
Na solidão dum campo de batalha!

VIII

Abrir os olhos, procurar a luz,
De coração erguido ao alto, em chama,
Que tudo neste mundo se reduz
A ver os astros cintilar na lama!

Amar o sol da glória e a voz da fama
Que em clamorosos gritos se traduz!
Com misericórdia, amar quem nos não ama,
E deixar que nos preguem numa cruz!

Sobre um sonho desfeito erguer a torre
Doutro sonho mais alto e, se esse morre,
Mais outro e outro ainda, toda a vida!

Que importa que nos vençam desenganos,
Se pudermos contar os nossos anos
Assim como degraus duma subida?

IX

Perdi os meus fantásticos castelos
Como névoa distante que se esfuma...
Quis vencer, quis lutar, quis defendê-los:
Quebrei as minhas lanças uma a uma!

Perdi minhas galeras entre os gelos
Que se afundaram sobre um mar de bruma...
— Tantos escolhos! Quem podia vê-los? —
Deitei-me ao mar e não salvei nenhuma!

Perdi a minha taça, o meu anel,
A minha cota de aço, o meu corcel,
Perdi meu elmo de oiro e pedrarias...

Sobem-me aos lábios súplicas estranhas...
Sobre o meu coração pesam montanhas...
Olho assombrada as minhas mãos vazias...

X

Eu queria mais altas as estrelas,
Mais largo o espaço, o sol mais criador,
Mais refulgente a lua, o mar maior,
Mais cavadas as ondas e mais belas;

Mais amplas, mais rasgadas as janelas
Das almas, mais rosais a abrir em flor,
Mais montanhas, mais asas de condor,
Mais sangue sobre a cruz das caravelas!

E abrir os braços e viver a vida,
— Quanto mais funda e lúgubre a descida
Mais alta é a ladeira que não cansa!

E, acabada a tarefa... em paz, contente,
Um dia adormecer, serenamente,
Como dorme no berço uma criança!

Cravos vermelhos

Bocas rubras de chama a palpitar
Onde fostes buscar a cor, o tom,
Esse perfume doido a esvoaçar
Esse perfume capitoso e bom?!

Sois volúpias em flor! Ó gargalhadas
Doidas de luz, ó almas feitas risos!
Donde vem essa cor, ó desvairadas,
Lindas Flores d'esculturais sorrisos?!

... Bem sei vosso segredo... Um rouxinol
Que vos viu nascer, ó flores-do-mal,
Disse-me agora: "Uma manhã, o sol

O sol vermelho e quente como estriga
De fogo, o sol do céu de Portugal
Beijou a boca a uma rapariga..."

Os versos que te fiz

Deixa dizer-te os lindos versos raros
Que a minha boca tem pra te dizer!
São talhados em mármore de Páros
Cinzelados por mim pra te oferecer.

Tem dolências de veludo caros,
São como sedas pálidas a arder...
Deixa dizer-te os lindos versos raros
Que foram feitos pra te endoidecer!

Mas, meu Amor, eu não t'os digo ainda...
Que a boca da mulher é sempre linda
Se dentro guarda um verso que não diz!

Amo-te tanto! E nunca te beijei...
E nesse beijo, Amor, que eu te não dei
Guardo os versos mais lindos que te fiz!

Os meus versos

Leste os meus versos? Leste? E adivinhaste
O encanto supremo que os ditou?
Acaso, quando os leste, imaginaste
Que era o teu esse olhar que os inspirou?

Adivinhaste? Eu não posso acreditar
Que adivinhasses, vês? E até, sorrindo,
Tu disseste pra ti: "Por um olhar
Somente, embora fosse assim tão lindo,

Ficar amando um homem!... Que loucura!"
— Pois foi o teu olhar, a noite escura,
(eu só a ti o digo, e muito a medo...)

Que inspirou esses versos! Teu olhar
Que eu trago dentro d'alma a soluçar!
....
Ai não descubras nunca o meu segredo!

Vaidade

Sonho que sou a Poetisa eleita,
Aquela que diz tudo e tudo sabe,
Que tem a inspiração pura e perfeita,
Que reúne num verso a imensidade!

Sonho que um verso meu tem claridade
Para encher todo o mundo! E que deleita
Mesmo aqueles que morrem de saudade!
Mesmo os de alma profunda e insatisfeita!

Sonho que sou Alguém cá neste mundo...
Aquela de saber vasto e profundo,
Aos pés de quem a Terra anda curvada!

E quando mais no céu eu vou sonhando,
E quando mais no alto ando voando,
Acordo do meu sonho...
                    E não sou nada!...

Este livro...

Este livro é de mágoas. Desgraçados
Que no mundo passais, chorai ao lê-lo!
Somente a vossa dor de Torturados
Pode, talvez, senti-lo... e compreendê-lo.

Este livro é para vós. Abençoados
Os que o sentirem, sem ser bom nem belo!
Bíblia de tristes... Ó Desventurados,
Que a vossa imensa dor se acalme ao vê-los!

Livro de Mágoas... Dores... Ansiedades!
Livro de Sombras... Névoas... e Saudades!
Vai pelo mundo... (Trouxe-o no meu seio...)

Irmãos na Dor, os olhos rasos de água,
Chorai comigo a minha imensa mágoa,
Lendo o meu livro só de mágoas cheio!...

O MEU SONETO

Em atitudes e em ritmos fleugmáticos,
Erguendo as mãos em gestos recolhidos,
Todos os brocados fúlgidos, hieráticos,
Em ti andam bailando os meus sentidos...

E os meus olhos serenos, enigmáticos
Meninos que na estrada andam perdidos,
Dolorosos, tristíssimos, extáticos,
São letras de poemas nunca lidos...

As magnólias abertas dos meus dedos
São mistérios, são filtros, são enredos
Que pecados de amor trazem de rastos...

E a minha boca, a rútila manhã,
Na Via Láctea, lírica, pagã,
A rir desfolha as pétalas dos astros!...

Torre de névoa

Subi ao alto, à minha Torre esguia,
Feita de fumo, névoas e luar,
E pus-me, comovida, a conversar
Com os poetas mortos, todo o dia.

Contei-lhes os meu sonhos, a alegria
Dos versos que são meus, do meu sonhar,
E todos os poetas, a chorar,
Responderam-me então: "Que fantasia,

Criança doida e crente! Nós também
Tivemos ilusões, como ninguém,
E tudo nos fugiu, tudo morreu!..."

Calaram-se os poetas, tristemente...
E é desde então que eu choro amargamente
Na minha Torre esguia junto ao Céu!...

Exaltação

Viver!... Beber o vento e o sol!... Erguer
Ao céu os corações a palpitar!
Deus fez os nossos braços pra prender,
E a boca fez-se sangue pra beijar!

A chama, sempre rubra, ao alto, a arder!...
Asas sempre perdidas a pairar,
Mais alto para as estrelas desprender!...
A glória!... A fama!... O orgulho de criar!...

Da vida tenho o mel e tenho os travos
No lago dos meus olhos de violetas,
Nos meus beijos extáticos, pagãos!...

Trago na boca o coração dos cravos!
Boêmios, vagabundos, e poetas:
— Como eu sou vossa Irmã, ó meus Irmãos!...

Em busca do Amor

O meu Destino disse-me a chorar:
"Pela estrada da Vida vai andando;
E, aos que vires passar, interrogando
Acerca do amor que hás de encontrar."

Fui pela estrada a rir e a cantar,
As contas do meu sonho desfiando...
E noite e dia, à chuva e ao luar,
Fui sempre caminhando e perguntando...

Mesmo a um velho eu perguntei: "Velhinho,
Viste o Amor acaso em teu caminho?"
E o velho estremeceu... olhou... e riu...

Agora pela estrada, já cansados
Voltam todos p'ra trás desanimados...
E eu paro a murmurar: "Ninguém o viu!..."

Tarde de Música

Só Schumann, meu Amor! Serenidade...
Não assustes os sonhos... Ah!, não varras
As quimeras... Amor, senão esbarras
Na minha vaga imaterialidade...

Liszt, agora, o brilhante; o piano arde...
Beijos alados... ecos de fanfarras...
Pétalas dos teus dedos feitos garras...
Como cai em pó de oiro o ar da tarde!

Eu olhava para ti... "é lindo! Ideal!"
Gemeram nossas vozes confundidas.
— Havia rosas cor-de-rosa aos molhos —

Falavas de Liszt e eu... da musical
Harmonia das pálpebras descidas,
Do ritmo dos teus cílios sobre os olhos...

Chopin

Não se acende hoje a luz... Todo o luar
Fique lá fora. Bem Aparecidas
As estrelas miudinhas, dando no ar
As voltas dum cordão de margaridas!

Entram falenas meio entontecidas...
Lusco-fusco... um morcego a palpitar,
Passa... torna a passar... torna a passar...
As coisas têm o ar de adormecidas...

Mansinho... Roça os dedos p'lo teclado,
No vago arfar que tudo alteia e doira,
Alma, Sacrário de Almas, meu Amado!

E, enquanto o piano a doce queixa exala,
Divina e triste, a grande sombra loira,
Vem para mim da escuridão da sala...

A Anto!

Poeta da saudade, ó meu poeta qu'rido
Que a morte arrebatou com seu sorrir fatal,
Ao escrever o "Só" pensaste enternecido
Que era o mais triste livro deste Portugal.

Pensaste nos que liam esse teu Missal,
Tua Bíblia de dor, o teu chorar sentido,
Temeste que esse altar pudesse fazer mal
Aos que comungam nele a soluçar contigo!

Ó Anto! Eu adoro os teus estranhos versos
Soluços que eu uni e que senti dispersos
Por todo o livro triste! Achei teu coração...

Amo-te como te não quis nunca ninguém
Como se eu fosse ó Anto a tua própria mãe
Beijando-te já frio no fundo do caixão!

Sóror Saudade

A Américo Durão

Irmã, Sóror Saudade me chamaste...
E na minh'alma o nome iluminou-se
Como um vitral ao sol, como se fosse
A luz do próprio sonho que sonhaste.

Numa tarde de outono o murmuraste;
Toda a mágoa do outono ele me trouxe;
Jamais me hão de chamar outro mais doce:
Com ele bem mais triste me tornaste...

E baixinho, na alma de minh'alma,
Como bênção de sol que afaga e acalma,
Nas horas más de febre e de ansiedade,

Como se fossem pétalas caindo,
Digo as palavras desse nome lindo
Que tu me deste: "Irmã, Sóror Saudade"...

Tortura

Tirar dentro do peito a Emoção,
A lúcida Verdade, o Sentimento!
— E ser, depois de vir do coração,
Um punhado de cinza esparso ao vento!...

Sonhar um verso d'alto pensamento,
E puro como um ritmo d'oração!
— E ser, depois de vir do coração,
O pó, o nada, o sonho dum momento!...

São assim ocos, rudes, os meus versos:
Rimas perdidas, vendavais dispersos,
Com que eu iludo os outros, com que minto!

Quem me dera encontrar o verso puro,
O verso altivo e forte, estranho e duro,
Que dissesse, a chorar, isto que sinto!!

Charneca em flor

Enche o meu peito, num encanto mago,
O frêmito das coisas dolorosas...
Sob as urzes queimadas nascem rosas...
Nos meus olhos as lágrimas apago...

Anseio! Asas abertas! O que trago
Em mim? Eu oiço bocas silenciosas
Murmurar-me as palavras misteriosas
Que perturbam meu ser como um afago!

E, nesta febre ansiosa que me invade,
Dispo a minha mortalha, o meu burel,
E já não sou, Amor, Sóror Saudade...

Olhos a arder em êxtases de amor,
Boca a saber a sol, a fruto, a mel:
Sou a charneca rude a abrir em flor!

Mais alto

Mais alto, sim! mais alto, mais além
Do sonho, onde morar a dor da vida,
Até sair de mim! Ser a Perdida,
A que se não encontra! Aquela a quem

O mundo não conhece por Alguém!
Ser orgulho, ser águia na subida,
Até chegar a ser, entontecida,
Aquela que sonhou o meu desdém!

Mais alto, sim! Mais alto! A Intangível!
Turris Ebúrnea erguida nos espaços,
À rutilante luz dum impossível!

Mais alto, sim! Mais alto! Onde couber
O mal da vida dentro dos meus braços,
Dos meus divinos braços de Mulher!

O NOSSO LIVRO

    A A.G.

Livro do meu amor, do teu amor,
Livro do nosso amor, do nosso peito...
Abre-lhe as folhas devagar, com jeito,
Como se fossem pétalas de flor.

Olha que eu outro já não sei compor
Mais santamente triste, mais perfeito.
Não esfolhes os lírios como que é feito
Que outros não tenho em meu jardim de dor!

Livro de mais ninguém! Só meu! Só teu!
Num sorriso tu dizes e digo eu:
Versos só nossos mas que lindos sois!

Ah, meu Amor! Mas quanta, quanta gente
Dirá, fechando o livro docemente:
"Versos só nossos, só de nós os dois!..."

Florbela Espanca

. Florbela e o irmão Apeles Espanca
. Casa onde viveu, em Vila Viçosa

Manuscrito do poema *Fanatismo*

. Retrato da família de Florbela Espanca durante uma merenda campestre
. Florbela, adolescente

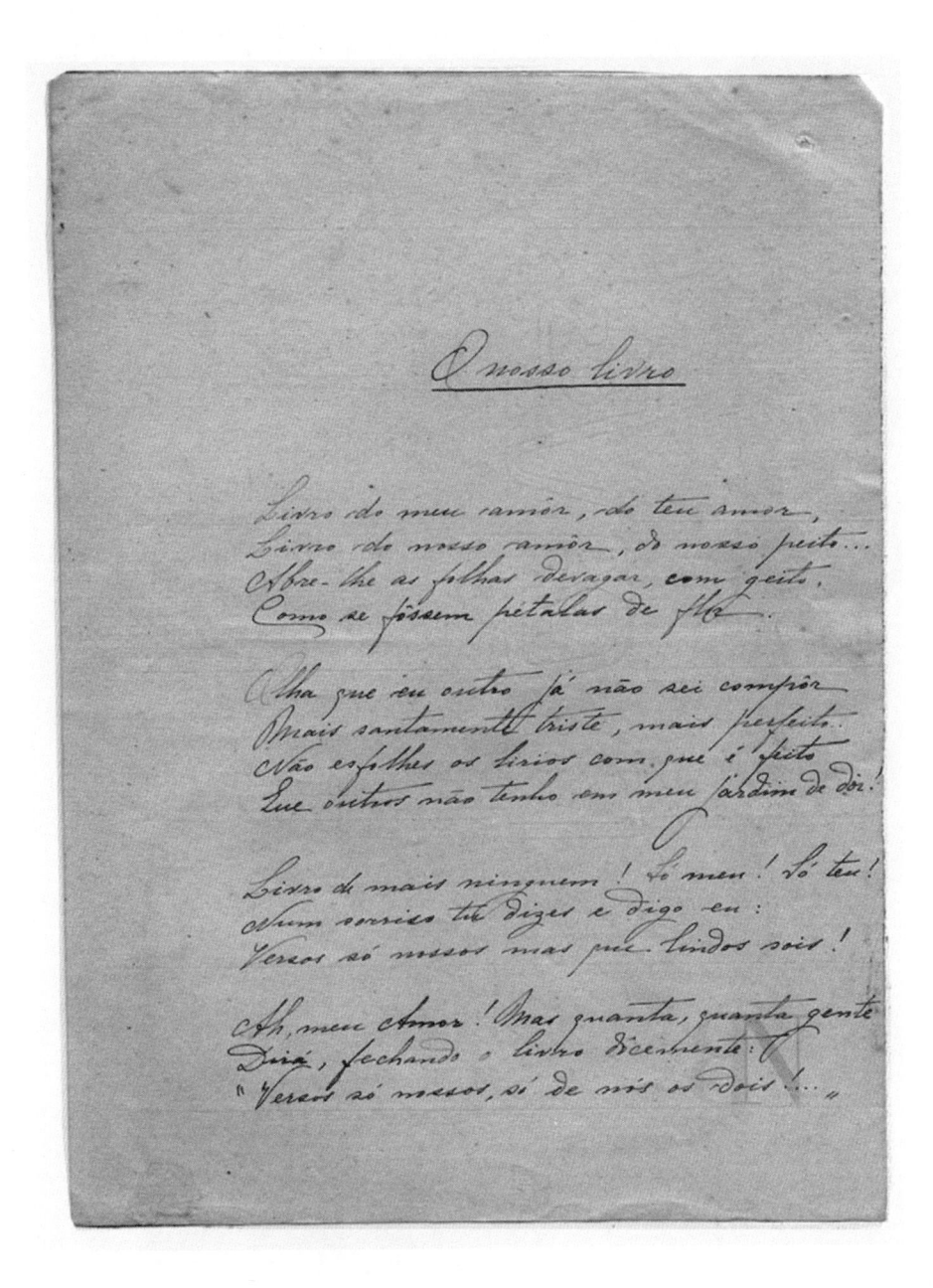

Manuscrito do poema *O nosso livro*

. Retratos de Florbela

Manuscrito do poema *Sóror saudade*

. Retrato de Florbela

Saudades

Saudades! Sim... talvez... e porque não?...
Se o nosso sonho foi tão alto e forte
Que bem pensára vê-lo até á morte
Deslumbrar-me de luz o coração!

Esquecer! Para quê?... Ah, como é vão!
Que tudo isso, Amôr, nos não importe.
Se ele deixou beleza que conforte
Deve-nos ser sagrado como o pão.

Quantas vezes, Amôr, já te esqueci
Para mais doidamente me lembrar,
Mais doidamente me lembrar de ti!

E quem dera que fôsse sempre assim:
Quanto menos quisesse recordar
Mais a saudade andasse presa a mim!

Manuscrito do poema *Saudades*

. Manuscrito do poema *A Anto*, dedicado a Antonio Nobre

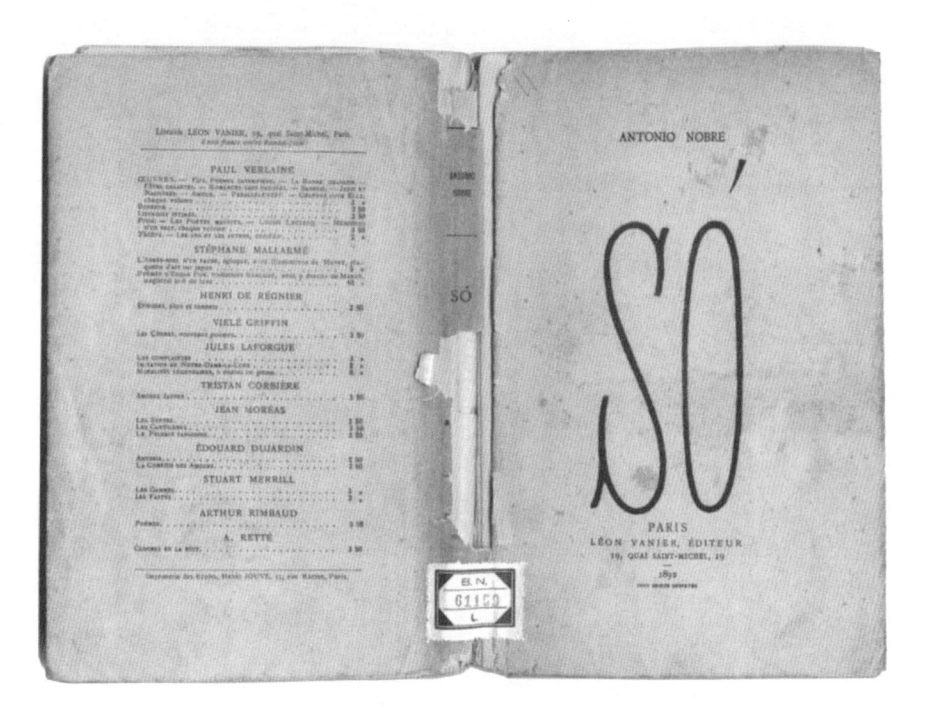

. O livro *Só* ficou conhecido como um tratado sobre a solidão e o desamor.

. Antonio Nobre é o poeta a quem a autora declara sua paixão literária.

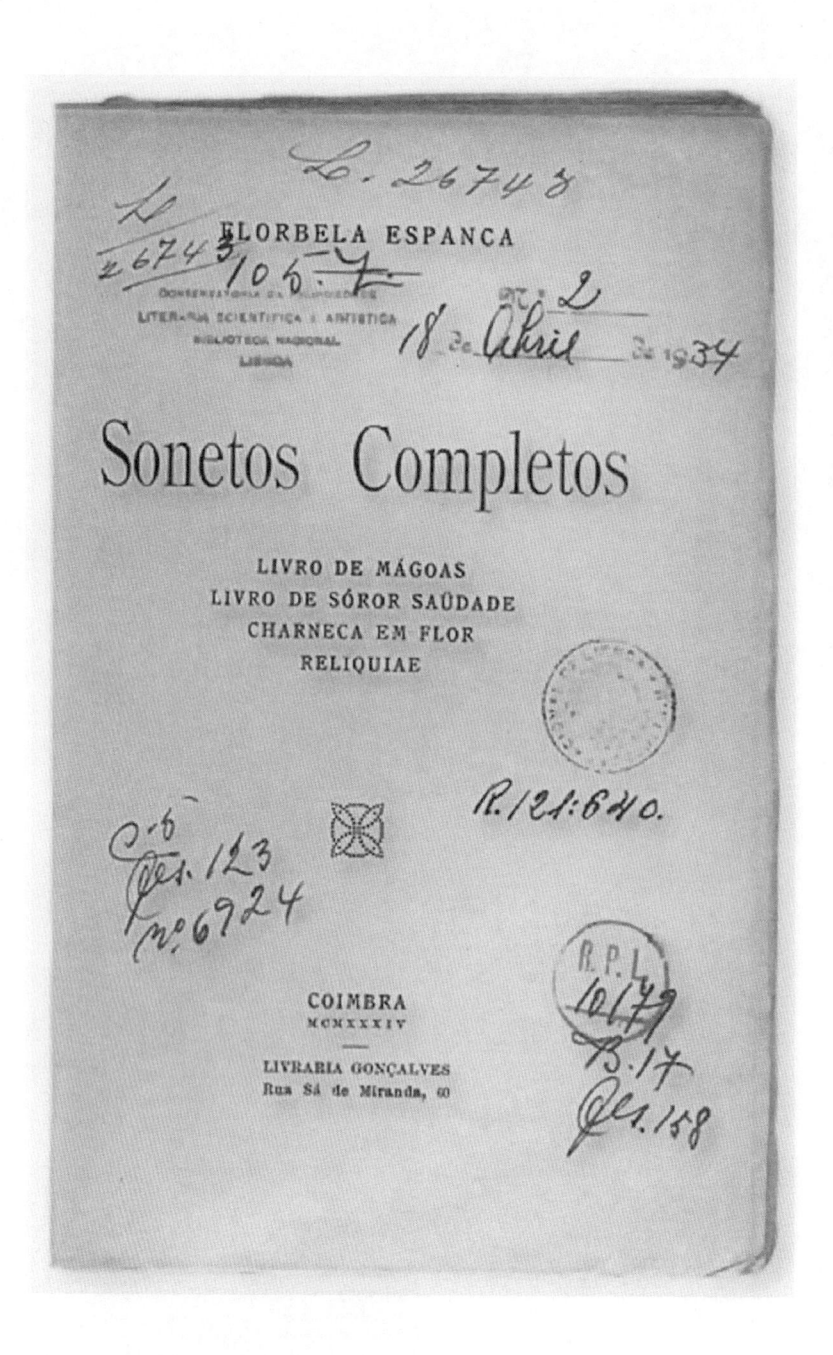

. Rosto do livro *Sonetos Completos*, onde o poema *He hum não querer mais que bem querer*, inspirado em Camões, está no volume *Charneca em flor*.

LUIZ DE CAMÕES

. Camões inspira dez sonetos dessa seleção

. Retrato de Florbela

Os versos que te fiz

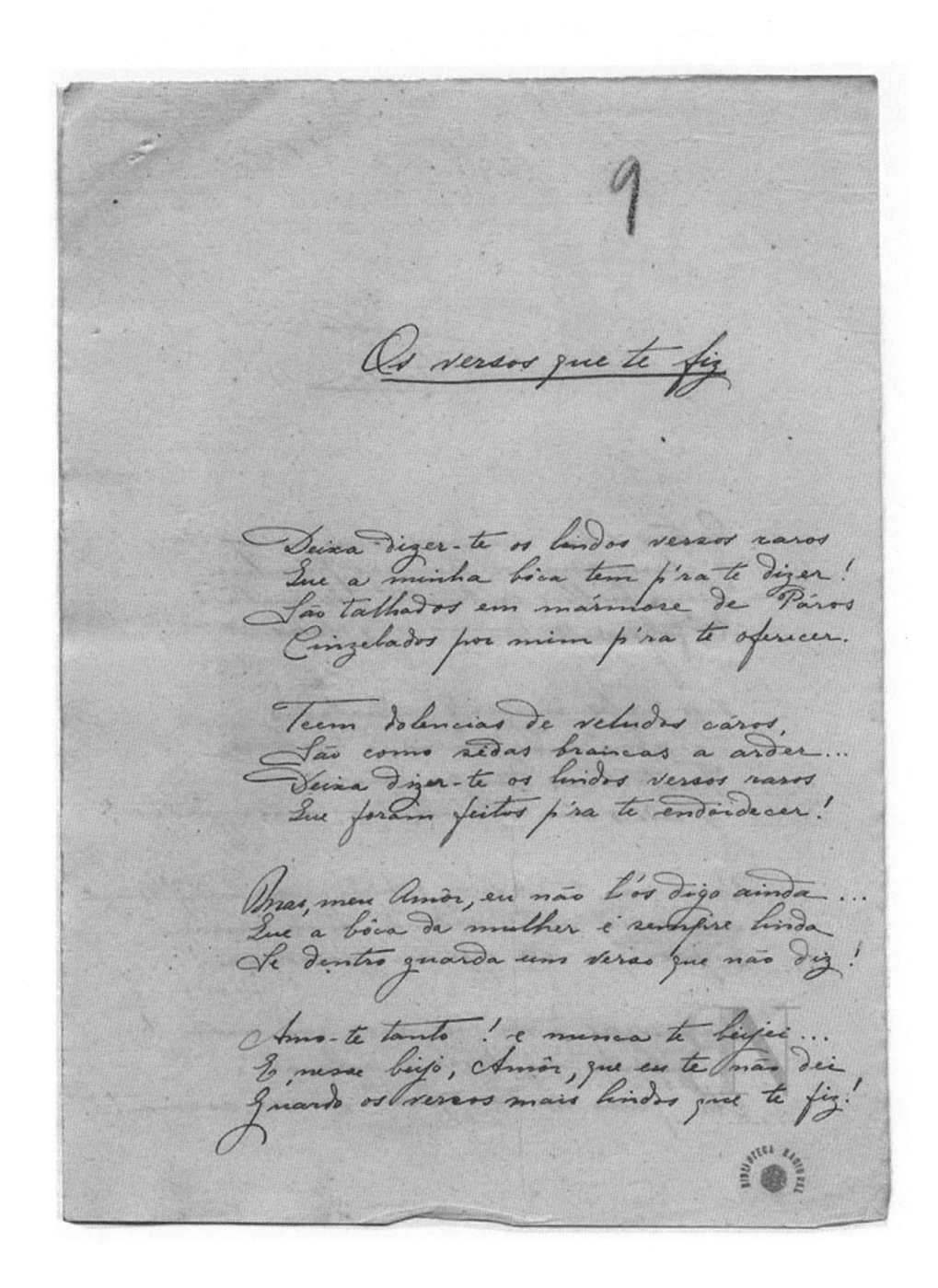

Deixa dizer-te os lindos versos raros
Que a minha bôca tem p'ra te dizer!
São talhados em mármore de Paros
Cinzelados por mim p'ra te oferecer.

Teem dolencias de veludos caros,
São como sedas brancas a arder...
Deixa dizer-te os lindos versos raros
Que foram feitos p'ra te endoidecer!

Mas, meu Amôr, eu não t'ós digo ainda...
Que a bôca da mulher é sempre linda
Se dentro guarda uns versos que não diz!

Amo-te tanto! e nunca te beijei...
E, nesse beijo, Amôr, que eu te não dei
Guardo os versos mais lindos que te fiz!

Manuscrito do poema *Os versos que te fiz*

BIOGRAFIA DA AUTORA

08/12/1894 – Nasce Florbela d'Alma da Conceição Espanca, em Vila Viçosa (Alentejo), filha de Antonia da Conceição Lobo e João-Maria Espanca. Dois anos mais tarde, nascerá seu único irmão, Apeles Espanca, ambos criados pelo pai e pela madrasta, Mariana do Carmo Iglesias.

1903 – Escreve, ainda na infância, o texto considerado como seu primeiro poema "A vida e a morte".

1908 – Morre Antonia da Conceição Lobo.

1913 – Aos 19 anos, casa-se com Alberto de Jesus Silva Moutinho, seu colega de estudos desde a adolescência, na Conservadoria do Registro Civil de Vila Viçosa.

1917 – Florbela conclui seus primeiros estudos no Liceu de Évora e matricula-se, no mesmo ano, na Faculdade de Direito de Lisboa.

1919 – Publica *O livro de Mágoas*.

1921 – Florbela se divorcia de Alberto Moutinho e casa com o Alferes da artilharia da Guarda republicana, Antonio José Marques Guimarães.

1923 – Publica o *Livro de Sóror Saudade*.

1925 – Florbela se divorcia de Antonio de Guimarães e casa com o médico Mário Pereira Lage.

1927 – Morre na queda do hidroavião que tripulava, seu irmão Apeles Espanca.

1930 – Morre em sua residência, Flobela d'Alma da Conceição Espanca.

1930 – Foi publicado o livro de sonetos *Charneca em Flor*.

1932 – Foi publicado o livro de contos *As Máscaras do Destino*.

1954 – Morre João Maria Espanca.

1981 – Foi publicado o *Diário do Último Ano*.

www.editorapeiropolis.com.br

MISSÃO

Contribuir para a construção de um mundo mais solidário, justo e harmônico, publicando literatura que ofereça novas perspectivas para a compreensão do ser humano e do seu papel no planeta.

EDITORA
PeirópoliS

A gente publica o que gosta de ler:
livros que transformam!